從前悠漾・

Shinee Chuang 著

本書以真實故事改編，如有雷同純屬巧合。

自序

光陰在按部就班中不知不覺地逝去

還記得那一年，那天——
那天，是加州剛入冬，禮拜一下午……

　　禮拜一，是憂鬱的大多數的人都不想上班、上課，難得我那天早上竟沒有遲到，準時到學校。通常，禮拜一會出席的學生並不多，偌大的教室學生零零落落，原本連眼神都不會對到、甚至沒交集的同學，會為打破這種僵局而敷衍幾句，場面有時頗尷尬的。
　　自從跟那個交往五年的男友分了後，我就再也沒有談過維繫半年以上的感情，可能很害怕陷入感情的漩渦，害怕再一次受到傷害吧！自從小學四年級開始寫日記，我便養成了習慣，生活上不管發生什麼開心或不開心的事我都會寫入日記，久了，寫日記就變成一種宣洩情緒的管道；逢情緒起伏時，便開始東一篇、西一篇地寫下心情故事，這本書就是這樣產出；因為寫了很多，

　　有一天我就想我何嘗不認眞的記錄著我們的生活呢？所以，就在我們交往的某一天，我開始籌劃了這本書。

　　今年是我與她交往的第二年，我們佔據彼此的兩年，這兩年發生的事情是歷歷在目。

　　「漾」是我當時的女友，也是這個故事中最可愛的主角，讓我又愛又恨的主角。那一年，我與她從交友軟體認識，從交友軟體換到 Instagram 再換到 Line，然後我的心就被撩動了；對這女孩，從不感興趣到現在非她不可，時間並沒有多久。起初，她邀我見面，我表面不動聲色，實際上我內心可是澎湃起伏，開心到爆炸！

　　我不知不覺中喜歡上這個女孩，隨著我們相處時間越來越多，我也花更多時間去記錄我們之間的故事，而這也是我的第一本小說——《從前・悠漾》的誕生。人多少都會有遺憾，如果回到上一步，你還會做出一樣的決定嗎？你有勇氣按下「Control Z」嗎？

　　隨著故事的發展，我們也沒有料想到，會有這麼多的「出乎意料」，現實生活中，我與「漾」以驚人的發展，鋪展了我們的故事。

　　我永遠記得第一次的見面日，她開了一個多小時的車來我學校見我的模樣，那天是禮拜六，也是我第一次

跟網友見面的日子，但是我在上課，我是真的不好意思讓她等我那麼久。

因為太緊張，我邊上課邊確定她幾點會到？什麼時候要出發？也因為太想見到她，我完全無心上課；頻頻在揣測她是一個什麼樣子的人呢？一邊整理我自己，一邊看著身上被木頭屑屑弄髒的衣服，看著教室的時鐘，看著手機的 Line……

震動──震動── 是她的 line──她到了！

但是我還沒下課，很不好意思。 本來還在害怕不敢見面的我，還是偷溜走然後把木頭搬去車上，還換了一件乾淨的衣服才去見她。 那麼所以，我現在在這邊做什麼？我就跟網友見面了。 我看見她本人，穿著黑色運動褲搭黑色 T-SHIRT 配軍綠色的襯衫，我在打量這個人的品味，跟我不搭，雖然我也不會特別打扮，但是她這種style 我真的不行。

她是開車來的，她打開車門，讓我知道她的位置，接著我坐上她的車，一股甜甜的味道，那是她的味道。到現在我都還記得這個屬於她的味道，她本人真的很可愛，車上一堆娃娃。第一次見面，就問我要不要娃娃？

而且還給一對的。「天啊！小姐妳在想什麼？」遇見妳之前我的內心，才沒有那麼多戲劇性的變化。

那年，我們在交往快三個月的某一天，我們決定同居了；我剛好要搬家，因為我的好朋友要回美國念書，剛好「漾」的合約快要到期。所以她提議要跟我住，我當然開心，可是她這樣離她的學校好遠。我再三確定她真的願意為了我犧牲這麼多的時候，我默默地告訴我自己，這女人可以走一輩子，因為她值得我去珍惜。到底有誰願意為了另一半犧牲這麼大，我相信很多人做不到。

我們的點點滴滴幾乎都在這本書上了，我盡可能的把我們的回憶匯集成一本書，相信不久的將來，這對我們來說是甜的回憶。愛一個人大概就是這個樣子，願意去做一些不可思議的事情，有時候回過神來，你已經做了。

時間從我的指縫間無情地流走，然而當我回憶起故事剛開始時，自己膽怯的模樣，不禁莞爾。兩年，過去的每一分每一秒我都努力地記著。兩年不知不覺的悄然而去，在一起相處的日子裡，我們無懼無畏地為未來而努力。

　　這本書的結局，我不想去改變，中間發生太多事情，我的「漾」也許不會再回來了。即使這本書的主角不在了，我們的故事仍然不會結束，不管是在一起的故事，還是我們各自分開以後的故事。

　　故事多以對話方式記錄，因為貼近生活。總之現在的我還是深愛著「漾」的尤加利樹，這是我們遇見的故事，也是我們人生的一部分，關於學生時代、人生經歷和網路交友，對我們而言很重要，也很珍貴！

楔子

　　我其實沒有想過我會跟女生在一起。

　　遇見她的時候我頭髮不長不短，從男生頭留長快要到肩膀的長度。我的頭髮很多，我把裡面的剃光，綁起來背面看起來就是男生。其實這樣的外型讓我吃足了苦頭，追我的男生希望我留長，喜歡我的女生又希望我把頭髮剪短，整個人變得麻煩！

　　其實也沒怎麼困擾我，我知道我可以喜歡女生，但是我沒有跟女生交往過，因為一直都是跟男生談戀愛。

　　一直到唸大學時，才遇到讓我心動的女生；從我確認自己可以接受同性起，到目前轉學要去紐約也好幾年了，算一算自己竟然也到 25 的年紀。

　　一直以來都是照著自己的計劃走的，堅持走自己所選的路，出國唸書想要有一番作為，不辜負我父母對我的期望，這是一種對得起自己跟父母的責任，一直以來我的空窗期，真的就是很短，我自己也不知道為什麼這樣，有過很痛的時期也想過就利用自己就是愛玩、不認

真的心態過下去，歸咎於家庭的因素，我實在無法相信愛情。

喜歡就在一起，不喜歡就分開，快速又但無奈，這是遇見她以前的我，那個總是愛玩不想負責的人，不經意的掉入了她的手裡。她闖入了我的世界，就這樣靜悄悄地走到了我的心裡。剛開始我還是不明白這是我自己期待的嗎？是不是一時對女生的好奇？

雖然我總是堅持著我自己給的設限活著，旁人也許不懂，但是只有我知道那是為了保護我自己的方式。這樣的堅持，讓我無法放手去愛一個人，全面淪陷之前踩了剎車，說要分手，因為我很怕受傷。我寧願先傷害別人，也不願意別人先傷害我。所以每當我自覺愛上某人的時候，我總是毫不猶豫地說要分手，因為我怕我會陷進感情的漩渦裡出不來。

大家都聽過，做朋友才能走得更久遠！可是朋友對妳再好終究只是朋友，永遠不能更親密。友情大概就是每逢佳節跟妳寒暄問暖，證明自己不孤單的關係吧，也許我說的很不好聽，但是事實就是這樣啊。不開心有朋友，開心也有朋友，就是因為要好，所以每逢佳節，自己不孤單不是嗎？朋友距離再遠，就算從這個世界的角

落到另外一個世界都不嫌遠； 但是情人伴侶就不一樣，只要不是朝夕相處哪裡都嫌遠！你會時刻地想著她，因為她就是妳的全世界。

而我本人是個很懶的人，除了在家就是在學校，頂多去教會，但是週末還是會去流浪，或是朋友來家裡喝酒聊是非。另外我還嗜睡，常常睡到令另一半都發火。還因為這樣曾經有一任要跟我分手，遇見「漾」以前一直都是跟男生交往的我，從來沒有想過會跟女生在一起甚至相愛……。

「漾」就像一棵樹，經歷了四季的更替，春天看著樹發點綠芽，看著心情都舒服；到了夏天，大樹下可以乘涼；到了秋天那樹葉子金燦燦的，一片一片的掉落下來，那是一幕風景；到了冬天大雪壓在樹枝上，沈甸甸的更是一幅畫。我愛她，就如同四季的更替，就像天上的星星閃爍，他們都是我們的證人，證明我們情比金堅。感謝所有讓我們相遇的緣分，也謝謝她帶給我的美好，是那麼的快樂，是那麼的相愛……

她說不喜歡戴戒指，說求婚不可以有戒指，但我尊重這個儀式。我還是有準備戒指 4。

　　她似乎成了我那個不一樣的例外，遇見一個人也許是命中注定，當朋友那是我的選擇，喜歡真的是我無法控制的意外，莫名的在乎，莫名的情緒化，我在乎她在乎的，她也在乎我在乎的，謝謝她在我跟我表姊出去中暑的時候，她明明剛下班累得半死卻還是來接我回家。

　　謝謝她！

　　有她在我真的很幸福，謝謝她那麼疼我，像是跟室友來學校送飯。陪我聊到睡著，或是聊到一半我便睡著了。

　　我們相遇的時間不長，但是我們的故事很多，謝謝她我的那個她總是包容我所有的任性，答應我的要求，認識她真的是我的幸運。她用她的方式疼我保護我，我用我的方式回應她。

　　有些話我可能來不及說，但是謝謝她沒有放棄我，我全然地相信是上帝讓我遇見她，謝謝她帶給我的，希望我們可以一起走到最後；她真的是很在乎我，我感覺得到，謝謝她讓我依靠。謝謝她那麼疼我，明明是那樣獨立的她，在我面前的她卻幼稚得像個小孩子，但是有時候卻又莫名的霸氣，還有任性的吃醋。謝謝她在我面

前沒有偽裝，謝謝她讓我認識真實的她，希望未來的我
們可以更好，謝謝她出現在我的生命當中。

02/22/2017 05：29PM

　　那一年二零一七年下午放學，我見到了稀有的雙彩
虹，我覺得那天我超級無敵幸運的，幸運指數爆表。我
深深相信著那是為了，讓我們遇見。

Content／目錄

Chapter

1

C1
初見

　　一個偶然的相遇，卻是展開另一段故事的開始，這本書全篇幾乎以對話方式記錄，是我們相愛的證據；愛她是真的很累，但是再累我都甘願，畢竟愛一個人本來就不容易。這本書大概在我愛上她的時候我就開始籌備，一直到現在總算把這本書寫了出來。

　　我從來就不相信的一見鍾情，竟在我的生命裡上演，我遇著她，才明白一見鍾情是什麼滋味！每個人的生活都一樣，細看是碎片，遠看是長河，在時間流中尋找著幸福，尋找著能夠讓自己幸福的一切事物，包括健康、物質、榮耀和成就。既然想幸福，那就去找一個能讓你感到幸福的人。

　　這個世界很大，值得用一生不斷去嘗試。人生也是個選擇的過程，最重要的選擇就是和誰在一起。和誰在一起決定著你的未來。

　　我的手機裡有個 APP 不常用，偶而打開看到簡訊也很少回應，有一天意外看到一個小姊姊傳了個「hi」給我，我沒放心上，不知道隔了多久，順手回了「hi」並問到「為什麼加我為好友？」她回：「因為是台灣人啊！哈哈！」哦？好喔！這理由可接受。我忍不住好奇她是個什麼樣子的人，然後有一搭沒一搭的聊著……

她＝漾 我＝我

我：『喔喔！你也在美國喔？』

漾：『對啊！irvine 你勒？』

我：『我在 LA，所以妳唸 Irvine University 嗎？』

漾：『Irvine University 是什麼😂😂😂？』（我其實以為她會直接回我嗯，然後我們的話題就結束了，怎麼跟我想的不一樣呢～～）

我：『XXXX X Irvine！』

漾：『對，哈哈！』

我：『喔喔。』（直接句點他）

漾：『妳畢業了？』

（這個人就是在尬聊，沒發現我不想聊了嗎？）

我：『沒有，我小妳欸！怎麼可能畢業 or 跟妳一樣大？』

漾：『妳大幾？哈哈，是說要不要加 ig？哈哈，我這個 app 比較少開。』

我：『shXXXXX 這是 ig，line 的話，妳可以給我 id，我加妳。』

漾：『YXXX19。』

　　我：『哇靠！19 生日？你要不要跟我朋友一起過啊？他們一個 18、19？』

　　漾：『妳朋友在哪啊？』

　　（然後我幾乎沒有開過這個 app 了）

　　——因為換去了 Instagram～～～～——

　　我：『所以妳 X 月 19 生日嗎？』

　　漾：『對啊！哈哈！』

　　我：『妳要不要跟我朋友一起過？同一天。』

　　漾：『在哪？』

　　我：『LA 啊！到時候跟你說地址，你敢的話，如果你確定要來，我就跟我朋友講一下。』

　　漾：『早上還是晚上啊？』

　　我：『晚上。』（什麼奇耙女子～～～～有人生日早上過的嗎？）

　　漾：『如果是晚上可能不行，因為我媽最近在美國😭。』

　　我：『X 月唉，很久啊！』

　　漾：『對啊 她待到 XX 月。』（太屌了，我媽媽在美國兩個禮拜就不想待了，因為我上課，我哥上班，她的老媽怎麼可能待這麼久呢？）

我：『就說幫朋友慶生也不行喔！我Ｘ月生日。』

（我是個冬天出生的小孩，喜歡冬天卻也怕冷怕得要死。）

漾：『通宵的。』

我：『沒有那麼久啦！』『其實就想走就走啊！』

漾：『那大概到幾點？哈哈！』

我：『還不確定。』『你開車嗎？』

（反正我就是沒禮貌的問了一下）

漾：『開啊！』『如果1點回去應該可以！』『1點左右到家。』

我：『好！我再跟你說。』『你先來我家會合，然後我們再一起去。』『問你喔，你爸媽知道你可以喜歡女生嗎？』

漾：『不知道😄』『應該說，我沒有確認過這個問題。』『我不敢問，我爸我是不知道，但是我覺得我媽應該有懷疑過。』

我：『我爸表示沒差，我開心就好。』

漾：『是喔！』『這麼好！我是從來沒問過我爸的意見。』

　　我：『我哥教我說要是真的交女朋友打死不承認就好，反正我媽距離我們很遠。』

　　漾：『噗！你媽在哪？』（「噗」什麼東西？是要放屁是不是？）

　　我：『TW。』『我沒在台灣長大喔。』『我只有在台灣出生。』

　　漾：『長大是指？』

　　我：『哈哈哈！』

　　漾：『我媽原本也在台灣只是突然說要來。』

　　我：『以前寒暑假偶爾回去。』

　　漾：『我阿姨表示我媽要來盯我。』

　　我：『kk。』

　　漾：『但……』

　　（我的天！這一段整個在尬聊 我特麼都不知道我在回什麼 or 她在問什麼？她到底怎麼繼續聊的。）

　　我：『poor u。』

　　漾：『我也不知道。』

　　我：『我跟我媽感情不好，從小沒有生活過，我是『雙』之前都交男生。』

　　漾：『是喔！這麼酷的嗎😄』

我：『後來有一次分手之後，課業越來越忙，我就沒再交了。』

漾：『就剪 T 頭了嗎😄』（到底是誰規定女生分手就會剪短髮……）

我：『留長了，現在很長了！』

漾：『所以是舊照喔？哈哈。』

我：『只是綁起來而已，我 ig 的第一個 post 是暑假的時候，是長髮。』

漾：『哇！』

我：『10 天 9 個州跟 1 號公路 yellowstone 開車過去。』

漾：『好趕的感覺唉😄』

我：『對啊！我朋友來找我啊，她沒那麼多假。』

漾：『不過 road trip 好玩，我朋友來 10 天，就在我家吃吃睡睡☺』

我：『太無聊了吧！』

漾：『她只需要吃。』

我：『我自己煮飯一般。』

漾：『她來的時候我吃超好，因為都是她付錢的。』

（好喔！我只覺得她朋友超有錢，因為美國消費一個字——貴）

之後我也幾乎都是有一搭沒一搭的回著，因為不知道要回什麼，她根本人稱「句點女王」，是要我怎麼接，有一次讀了信息我就忘記回，然後隔天她……

漾：『早安啊！哈哈！』『妳昨天一整個秒讀然後就消失了。』

我：『在忙。』

漾：『吧😄？』『妳這禮拜六有事嗎？』

（一看就知道要見面，覺得有點快，但是我也是答應了，抱著見一次就不會再見的心情～～～）

我：『我下課之後可以。』

漾：『2點以後喔。你平常都去哪裡玩？』

我：『我平時下課都在唸書。』『就是畫圖。』

（其實只有禮拜六的課下課才會這樣，不然我平時下課就是回家洗澡，睡覺睡到天荒地老。）

我們都有激情、都有好奇心、對很多事物都充滿好奇

漾：『這麼認眞😄』『我去找妳不會影響你唸書喔？』

妳這是問句還是肯定句啊？既然知道會打擾我幹嘛要來？但我還是很有禮貌的說：『不會啦！』

漾：『那你帶我去玩。』

（我心想，你眞的要來啊？好，坐等她要來的那天，我還約了一堆人一起，其實也就 4 個人加我的話，1 個 X/18 生日 1 個跟她一樣 X/19 一個跟我差一天的 XX/23，我 XX/24～～～～）

後來也都是亂聊，我也是經常已讀不回，她特麼一直句點我，我是要回三小。然後我都愛回不回她都還可以繼續聊，這人是都沒事要做嗎？有多閒？反正帶著問號到了要見面的時間，禮拜六我 1：25pm 下課……上車之後……因爲……覺得她好可愛啊😊😊～～～～想再見面。

這世界很大，值得我們用一生去不斷嘗試。我們都有激情，都有好奇心，對很多事物都充滿好奇，無論遇到什麼樣的新鮮事物都想嘗試一下。這就是生活帶給我們的悸動，包括遇見「漾」，是我生命中最特別的禮物。

Chapter

2

C2

天空不總是晴朗，陽光不總是閃耀

天空不總是晴朗，陽光不總是閃耀，所以偶爾情緒崩潰下，也無傷大雅。

「愛情」大概是個永恆的創作題材。「愛」既讓我們心生嚮往，也是個很抽象無法具題化的東西，它也令我們心碎。它是所有藝術的源頭，也是我們可以實實在在感覺到的東西。

人的一生就是太多的起起伏伏，因為不知道自己要什麼，如果沒有太多起起伏伏，說明已經清楚的知道自己要什麼了。感情的事情會影響著我們所有的生活，當它好的時候也許可以成為你很大的動力。但是當它不好的時候，要學會找到平衡，不能讓他打亂你的生活。如果真的不好，就讓自己利用這些時間好好的去做值得你花心思的事情！讓自己的每一天都充滿意義，預備最好的自己，有一天會遇到對的人。就像我遇到我的「漾」一樣。人生最大的幸福就是發現自己愛的人，也剛好愛自己。或許我的愛情並不是最浪漫的，但是寫文章記錄著我們的點滴，是我做過最特別的事情了。

　　愛就是這樣，一路上互相扶持，直到我們都睜不開眼睛，走不動的時候，還有一個人願意推著坐著輪椅的你去大街上曬曬太陽。每一個階段的故事，每一個階段的回憶，都能帶給我美好的記憶，這就是我要的幸福。

　　上車之後其實我也很緊張，緊張到話超級多，平時不認識的人，老子我都不說話的。反正就是很反常，看到她覺得這個人也太可愛，跟 ig 都不太像，本人比較好看然後車上一堆娃娃是怎樣，生小孩了是不是。後來我們就去說好的溜冰場，她真的很好玩，我隨便說幫我穿鞋，她真的蹲下來幫我穿鞋子。

　　那時候我的其實覺得很暖，後來我們進去溜冰，她全程一直牽著我的手不然就是抱我（心裡暗爽），因為她快要跌倒了所以會扶著我不然就是抱著我。

　　所以啊溜冰就是個增加互動的好東西，那時候還很好笑我一直要她朝我這個方向溜，一直叫她「doggy come here come on doggy」。哈哈哈哈！是不是很壞，但是感覺就是要這樣。在溜冰的時候心裡閃過一個念頭以

看到她覺得這個人也太可愛，跟IG都不太像。

我一直要她朝我這個方向溜
一直叫她"doggy come here come on doggy"

後會不會就跟這個人在一起了，可是很快就打消這個念頭因爲才第一天。

溜冰的時候可能因爲有互動到，我眞的覺得她可愛到，我想要再見到她不只一次。後來我們溜冰結束，我們去接兩個女生朋友然後去一個男生朋友家烤肉去了，後來發現大家好多共同點，大家的生日不是差一天就是同一天，然後我跟這個「漾」還是同個姓。

緣分眞的很奇妙，把大家聚在一起。後來那天結束她先送我兩個女生朋友回家，然後在送我去拿車，我的車當時停在學校型車場了。

後來回家：

我：『到家告訴我喔』『妳開慢點 我到家了』

（其實我平時出去玩，一般都會跟朋友說到家要講，但是後面那句要她開車開慢點，我其實自己也不是很能理解）

漾：『到家 好幾次不小心開到 90』大概是台灣的

144

（說開慢一點結果，也開太快了吧，不能理解）

　　後來不知道怎樣我就睡著了隔天睡醒才回她的，然後我居然看到她約我禮拜一出去，美國剛好有個假。她很認真的跟我說能不能請假排班什麼的，我就不能理解。結果後來她為了要跟我出去玩，真的跟其他人換班，我覺得很奇妙。但其實也知道她對我有興趣，不然幹嘛特地換班是不是，我真的沒有自戀。不然你們告訴我誰會為了只見一次面的人換班是不是？你們要說是，我不管就是，是，哈哈哈哈哈哈！

　　其實從那天烤肉之後，她就在我心裡萌芽了，只是我沒有意識到，回過神她就這麼地住到了我的心裡。其實愛有時候真的就是很簡單，我的微笑可以給任何人，但是我麼心只給她。見面的第一次，我就對這女孩很有興趣，但是交往至今，我從未告訴她我是什麼時候對她動了心。

　　那時，我想只要有一點點機會，她是喜歡我的，我就有勇氣去爭取，可是我也不知道怎麼去分辨，生怕，或許只是我自己想太多，這樣最後只會顯得自己很渺小

而力不從心。每當我對某人放進了感情，那麼在那個人面前，我就像個神經病，會惶恐，不安，患得患失……

我是個從來不告白的人，也許這個人，我也會錯過也不一定。也許在愛情沒開始以前，你永遠不會想到自己可以那樣地愛一個人。在愛情裡，我一直是個被動的人，不太會去主動關心一個人，大概是因為能困擾我的東西很少，大部分都照著自己的計劃在執行。而遇見她，真的是我生命中無法預測的意外，愛上她也是。

我是個平凡的人類，也是很普通的女生，尤其是我懶得出奇，大概除了洗澡最勤快了。遇見她，讓我開時期待，我的右小姐要出現了。

或許，「她」就是我經過無數的街道，無數的轉角，可以在一個瞬間擦出刺眼火光的人，即使機率渺小，但這就是愛情的珍貴，也是人人期待著的。

也許很多人把愛情當遊戲，一個換過一個，追求刺激，所謂的新鮮感，當然結婚前是無傷大雅，畢竟有比較才知道哪個適合自己。只要每段感情都是認真負責的態度，可是那些玩玩的人呢？比如過去的我，不知道愛情就是雙面刃可以給人幸福也會讓別人受傷，所對待任何感情都必須很小心，避免傷害別人。

或許，「她」就是我經過無數的街道，無數的轉角
可以在一個瞬間擦出刺眼火光的人。

　　說來也奇怪，我才見她一次，她就在我心裡有了漣漪，讓我無法停止去想這個人。那種思念彷彿就是無底洞，可能需要名為「女朋友」的藥來服用。因為太瘋狂了，我居然喜歡上了這個才見了一次的女孩。而且她讓我真的非常的想服下名為「女朋友」的這種今年最新款的藥，我真的非她不可，這愛情來的太突然，讓我措手不及……

Chapter

3

C3
約
會

　　溫柔的雨就像妳，淋濕了我的心，輕輕的闖進我的心，深深的留下妳的痕跡。很快就到說好要見面的那一天，我記得我讓她打給我叫我起床，我就不懂了打給我就打給我，為什麼非要打視訊給我呢？我真的黑人問好？那天我是早上要去看醫生的，看完就沒事了而且那天我們學校也都放假，她早上上班，於是我們的行程就是等我看完醫生➡看電影➡吃飯。接著我就起來了，出門去看醫生，我說我要先洗車在去看醫生，這時候不是應該要掛電話了嗎？這個人這隻漾，居然一直不願意掛，阿我也不知道為什麼沒掛。後來是因為看醫生那邊信號不好才掛掉電話。然後看醫生看到一半，電話響了！！我一個嚇到，然後還是用手錶接了起來

　　漾：『你在哪裡啊？』
　　我：『看醫生 還沒好 妳到了？』

　　約定的時間明明就還沒到，她那麼早到是？害我很不好意思，但是我也不知道我在不好意思什麼，時間就還沒到。真是不體貼，就等等約定的時間到了，我就會

去了阿。我是有想過要偷跑回家睡覺啦，但是她好可愛，想要見到她。

　　漾：『對啊』

　　我：『也太快 光速嗎？妳稍微等我一下啊 先這樣 掰掰』

　　（快速的說拜拜要掛電話，可是我沒手掛掉，因為我是去看那種整脊的那種醫生，所以……）隔了一分鐘……

　　醫生：『她還沒掛掉欸』

　　我：『對欸 對她說 妳怎麼不掛掉啊』

　　（我都沒意識到她沒掛電話，太好笑了哈哈）

　　漾：『不知道啊』

　　我：『我剛不是說我沒手妳掛一下』

　　醫生：『她捨不得掛啦』

　　我：『哈哈哈哈 捨不得掛』（然後我跟「漾」說，醫生說妳捨不得掛電話哈哈哈）

　　漾：『喔 😵 我剛才沒聽到』

　　（喔喔好喔，那掛掉啊後來她不知道說什麼才掛掉，看醫生的地方信號很差，說真的我都不知道她在說什麼。）

　　看完醫生後，接著我就去電影院找她啦，我們事先就訂好票了，然後她的手機沒網路，票打不開，我就覺得很神奇，反正弄了很久之後才進去。看電影嘛，加上天氣很冷，然後我也不知道哪根筋不對，抓她手取暖，後來不知道為什麼，我們這樣就有點微牽手，她後來直接十指緊扣的把我牽著。後面我覺得怪怪的，可能緊張吧，也加上我覺得有點太快了。我就默默的把手縮在袖子裡，然後坐開，怎麼知道這個人，她直接靠近我，整個人抱上來，我就默默的暗爽，但是我也很賤慢慢的往旁邊移走，然後她一把，把我往她懷裡抱過去，然後把我的手手拿過去，摸她的臉。

　　（What！！！我真的那時候內心 Excuse Me！！發生了什麼事，後來電影結束了，然後我裝什麼都不知道，她也裝什麼都不知道，我們就去吃飯了。是我喜歡吃的火鍋~~）

　　吃飯的時候一直在拍我，我就覺得很奇怪，沒事一直拍我幹嘛，有事嗎？後來我也沒說什麼繼續用餐，直到我看到 IG 她發的 story，我才知道她還上傳。

　　好吧平時我一定生氣的，因為沒經過我同意亂拍我，但那天我居然沒生氣，也沒告訴她我看到了。晚餐故意給她付，製造下一次吃飯的機會，因為火鍋有自助餐，我還一直故意要她幫我拿菜阿什麼的，我就想知道可愛的她會有什麼反應，機智如我，哈哈哈。

　　不過吃晚飯我想直接回家了，因為隔天要上課，但是她說去逛隔壁的材料行，我到現在都還會調侃她，「哪間材料行」有什麼好逛的哈哈哈哈哈～～逛完出來，我說不聊就回家啦，不然就坐車子聊，我好冷。

　　那時候天氣真的很冷，絕對沒故意要跟她有肢體接觸（真的沒有）所以我們後來就坐在她車上聊天了，她坐駕駛座，我在副駕駛座，但我一直在用手機，她一直在看我，當我抬頭，她就很害羞一直躲我的眼睛，我就好吧繼續用手機。然後她還是一直看我又不說話，還又偷拍我，我就說剛才也拍我（ig）現在又拍，還不說話，那我回家了喔，我收起手機準備要走，她突然抱住我，然後推不開像這樣，我當時特意拍了照片～～～

她坐駕駛座、我在副駕駛座
但我一直在用手機、
她一直在看我、當我抬頭、她就很害羞
一直躲我的眼睛、我就好吧繼續用手機。

在車裡看著她，不長不短的長髮明明她也沒有特別漂亮，也不是我的 TYPE 但是看著她的同時，我的心，也跟隨著她那不長不短的頭髮，不上不下的。

我想那就是怦然心動的感覺，萬萬沒想到我居然有一天也會有這樣的感覺，明明那天看她的穿著我就是不喜歡，就是覺得嫌棄。

我現在是怎麼了？我怎麼了？我是中邪了？還是她對我下了什麼藥，我對她中毒那麼深？

一直以來我是個十分嚴謹，或著是說活在自己給的設限當中的人，同時也是個個性古怪的人。內心的情緒跟臉上的表情總是不一樣，明明內心就波濤洶湧，也不願意表達自己的情緒。

我的心，也跟隨著她那不長不短的頭髮，不上不下的。

　　所以我現在到底是？跟網友見面，還跟她見了不只一次，對她還很是有興趣？

　　我明明就告訴我自己不要輕易地掉入感情的漩渦，在快愛上的時候抽離。

　　我的內心這時候已經在崩潰的歇斯底里，但是我卻還是坐在車上跟她在聊天，我在幹嘛？

　　我接著說，不是啊，不跟我說話，又不讓我走還一直看著我，然後自己很害羞是？

　　我前面說了我一直以來我是個十分嚴謹，或著是說活在自己給的設限當中的人，所以她不說話，我只好想辦法把她的頭抬起來，我也不知道我在幹嘛。

　　然後慢慢靠近，距離近到我們交換彼此著彼此的二氧化碳，你們是不是以為要親了？沒有，我沒有親下去，錯失了良機（誤）。

　　我其實很想好好的欣賞她那可愛的臉蛋，讓我如此癡迷的臉蛋，讓我越看越想要征服她，想一輩子就這樣看著她。

　　我看到她閉眼睛，然後又坐回副駕駛座，然後她又害羞，整個人往我身上埋，我說要走了。

　　因為我不知道，她是一個什麼樣子的人，我也不確定我真的要跟她在一起嗎？但是唯一不懷疑的是，我真的喜歡上她了，我的思緒已經開始都是她。甚至我無法克制自己不去想她。

　　突然間她就一直撒嬌還發出那種聲音，真的讓人不要不要的。

　　接著她猛然抬頭，然後說，她想咬我，我就說不要會痛。

　　我意外的是，我居然還回她？所以是怎樣？

　　還有我到底是為什麼要搭理她啦!!

　　後來她沒有詢問

　　她直接把我的抓了過去，把我的袖子拉了拉，捲起來然後看著我，問我可以咬嗎？我整個人都黑人問號？我剛剛不是說了，不行嗎？會痛啊，我不要阿。但是她還是咬了下去，頓時我的左手臂，有個牙齒的痕跡，你們沒看錯我被咬了。

　　她咬我？她咬我？她居然咬我？我被咬了？我被咬了！我居然被咬了？

　　我沒想透她到底為什麼要咬我，她給我的理由是，她就想咬。

　　所以就可以咬我？我被咬了，我居然被咬了，我很是懷疑剛剛發生的只是我的幻覺，還是我在作夢。我居然跟一個聊天不到兩個禮拜，見面第二次的人有如此親密的接觸。

　　我是怎麼了？我到底怎麼了？

　　接著我居然說，那妳咬我，我要親妳。

　　對沒錯，沒有錯就是我說的，我要親她，我也不知道我哪來的勇氣，但是我就說出口了。但是我並沒有馬上行動，可能是因為我思緒太多了，我其實還在想剛剛電影院發生的事情。牽手，十指緊扣的那種牽手，還有她整個人報上來靠著我，我的心臟像是壞掉一樣，跳動的指數有夠快，可能現在測心律的機器給我用，那機器大概會爆掉也不一定。

　　不是第一次談戀愛，更不是第一次與人有近距離了接觸，但是卻是我第一次感受到，我心的跳動，那是怦然心動愛上一個人的證據，我都懷疑我的心跳聲音被她聽到了。第一次，想要克制自己，想要掩飾對她的感覺，因為我其實也怕嚇到人家。畢竟，之前跟她聊天的過程，得知她沒什麼談戀愛的經驗，我也怕我會傷害她，總之我想了很多很多。

我要試試看，不想再讓好不容易的幸福溜走……
畢竟，她可是我的一見鍾情。

　　我要跨出去嗎？愛上一個我很喜歡的人，因為我沒有勇氣去告白最終我失去了她，而且當時候的我，根本沒有想要在一的念頭，可能打從心裡，我就是一個很孬的人。沒有勇氣去面對，自己喜歡的人，沒有去抓住那差一點點的幸福。

　　這一次我也要這樣放棄嗎？我也要錯過嗎？

　　一直以來我都是這樣的人，寧願錯過，也不要去告白只因為我怕告白失敗後的尷尬，甚至做不成朋友。很難想像吧？這樣的我，居然這洗想緊緊的抓住這個突然撞上來的愛情，我想跟她在一起……

Chapter

4

C4
全世界

於是我慢慢靠近，她有些防備，我還是慢慢靠近，近到像剛剛那樣交換著彼此的二氧化碳，感受著彼此的心跳，可能小鹿撞死了很多隻～～她依然有些防備，可是她的身體還是很誠實，她閉了眼睛，開始向我再靠近一些，而我也閉了眼睛……然後……我們都閉了眼睛，也互相靠近，靠得越來越近然後感受彼此的心跳，然後我們的雙唇靠在一起了，對沒錯我們接吻了。

簡直不敢相信，我不是沒被女生親過，但是那都是遊戲鬧著玩的。

所以我到底在幹嘛？

我就這樣親下去了？

要負責嗎？

內心充滿疑惑，卻也藏不住的開心。

就算我滿是疑問，卻還是故作鎮定的問

我：『所以我們？』『再一起了？』

漾：『害羞不說話……』

我：『所以我們再一起了嗎？』

漾：『還是害羞不說話』

我：『好吧 妳都不說話 那我們沒在一起』『我走啦 明天也要上課 現在也不早了』

（開門假裝要走～～）

『掰掰』（還故意說掰掰，我明明知道她心裡也很緊張，也很天人交戰但是我就是那麼的貝戈戈，畢竟不能愧對我這個十二星座裡面最奇怪的。）

漾：『一把把我抱住』（我暗自竊喜 嘿嘿嘿，但是一直假裝鎮定，都要笑出來了。）

我：『幹嘛 我要走了啊』

漾：『不準走！！』

我：『爲啥啊』（故意問一下）

漾：『又不說話』

我：『我要走了 妳又不說話 又不告訴我 現在是不是在一起』『然後又不讓我走 明天要上課 早上的課』

漾：『嗯……』

我：『嗯什麼？』（故意兒，哎呀我怎麼那麼貝戈戈，但這算是一種試探吧。畢竟我也想知道她的答案是什麼。）

漾：『嗯 再一起了』

　　我：『那為什麼剛剛都不說話』（我知道她在害
羞，但是我就是想逗她，不然都前面都是我被吃死死
的，我才不要這麼輕易的就放過她，嘿嘿。說好的高
冷，說好的矜持遇到她都不知道跑去哪裡了。）

　　漾：『抱緊我 不說話』

　　我：『又不說話啊，那我回家』

　　（我是真的想回家，畢竟太晚睡覺我真的爬不起
來。）

　　漾：『不要』

　　（不要一直說不要啦，我其實有點沒耐心了，畢竟
我真的累了，今天早起看醫生，看完還不能馬上回家睡
覺，有點不開心要不是因為她真的很可愛，我就生氣
了。）

　　我：『那不說話？』

　　（到底要不要說話啦，我想回家真的想回家，我想
睡覺了，要不要在一起，一秒鐘的事情是要想多久。）

　　漾：『我車子後面很黑喔』（然後呢 她想幹嘛）

　　我：『嗯嗯 然後？』

　　漾：『我們去後面好不好』

　　我：『去後面幹嘛』（假裝不知道 故意問嘿嘿嘿）

漾：『就去後面啊』（她一定心懷不軌）

我：『喔』

然後我們就去後座了，對！我跟著她從前坐到了後座，我為什麼不拒絕呢？然後一開始坐在後面她在我的左邊，我不喜歡，我有個怪僻左邊不喜歡有人，所以我們換位子，就在我們剛完成換位置這個動作的時候，她突然地說

漾：『好濕～』

（我一整個黑人問號？什麼？這麼老司機的嗎？）

我：『什麼？』

（我想知道我剛剛是幻聽嗎？這個單純的小女生這麼社會的嗎？）

漾：『就剛剛換位子，妳弄到我了，我就覺得很濕』

我：『蛤？』

（這次我還是覺得是幻聽，這個可愛的女人是社會一姊嗎？單純的外表，實際上是個大野狼？）

漾：『剛剛在電影院就濕掉了』

再度的令我驚訝，我確定這次不是幻聽了，這女人到底是小可愛，還是大野狼阿？

剛剛在電影院就濕掉了？哪裡濕掉了？緊張害羞到尿褲子？

我真的是一度覺得我耳朵業障重。

我：『蛤……???!!!!!!』

此時此刻的我真的是一臉震驚，還沒來得及反應過來，她就把我手抓過去，準備去觸碰她那我想都沒想過的禁地。

不是啊？我在幹嘛？我在幹嘛？我到底在幹嘛？

我為什麼都沒有好好地拒絕她，我為什麼跟著這個女人的步調，一步一步的掉入她設下的陷阱裡。然後我其實真的不知道她向要做什麼，因為我今天剛好生理期來，她知道的就這麼剛好。我是覺得我們不能幹嘛，但是她好像並沒有在意這些細節，而我也被她突如其來的舉動嚇到，雖然在感情上我一直屬於被動型的，但是我覺得在跟她在一起，我根本就是被吃死死的啊，我到底？我失去了我自己？

天啊！我為什麼會對這個人有不一樣的感覺？

　　為什麼對她就是沒辦法真的生氣，為什麼對她我就是沒轍，這女人大概是生命中無法預測的意外，而我算是她的壞中物？不然第二次見面就那麼主動是？我始終沒有懂她的想法，而且我明明當時，決定要單身一陣子，想要自己生活一陣子的，想沉澱一段時間，我真的不懂我現在到底為什麼整個人每一個毛細孔都因為她而擴張收縮的。

　　在我心裡充滿這些疑問的時候，也許說明了我對她真的開始不一樣了，我愛上了她。

　　荒謬至極，也很可笑，第一天見面，我就會她有興趣，見面第二次，我居然就這樣愛上了，愛上了這樣的她。可愛心思細膩的她，雖然相處的時間不多，但是我確實可以感覺到她某一些很悲傷的氣息，讓我不禁得心疼起來。她感覺很有故事，希望我之後可以慢慢的闖關，等到通關完成，那便是我最了解她的時候。希望她會願意對我說她的故事，我希望可以慢慢地了解她。其實說真的，我很難去相信一個人，包括自己的另一半，認識多年的朋友，也不一定是我可以完全相信的，可能家族的環境就是如此，所以我很少提家裡的事情，畢竟那是心裡一直不想去碰觸的傷心事。就算說，我也不一

定說的完全，因為每提起一次，那就是我最痛的回憶。我因此患上了 PTSD，很多時候記憶一點一點的被我自己封鎖了起來，我卻再也找不回來。就算拚了全力去想我就是想不起來，甚至會突然的情緒崩潰。這些都是我所擔心的，除了怕掉進去感情的漩渦，我覺得自身的身體健康才是重點。我考慮的很多，還有一些家族病史，我很害怕「漾」不能接受不完整的我。我想了好多好多，就怕不能給她未來，說來也好笑，才二十出頭就想著一輩子，我對感情的執著只有我自己知道，而我害怕的感情漩渦，卻因為她的可愛，很可愛所以我決定接受她的感情。

不要懷疑我真的在那短暫的幾分鐘裡，我想了無數的事情，就怕未來如果我先走了，她怎麼辦我一定捨不得我的「漾」哭因為她太可愛了，我不希望那可愛的臉蛋有一絲不開心的情緒。沒想到我也有這一天吧，真的是年紀越大，想得越多，也不是說年紀越大就不談戀愛，而正因為是隨著年紀越來越大，我們才能分清楚什麼才是愛。不過不告白的我，不主動的我，這一次居然也想要主動的告訴她我愛上她了。然而我卻是被我自己

的傲驕打敗，可能因為緊張吧，我其實是想逃跑的，我親了她之後我還是沒有說，我喜歡她。

我是問。

在一起了嗎？喜歡我嗎？要在一起嗎？在害羞嗎？

這問題問她也是在問我自己，因為我真的好害羞，心裡面的小鹿真的不知道在亂撞什麼。此刻的我確定是想要跟她在一起，畢竟遇到一個人不容易，能遇見都是一種緣份。對於我來說，此刻我是幸運的，美好的事情就是，遇見了她，她是我的幸運，是我的全世界。我會用我的方式，去守護著她，只要「漾」可以快樂，可以幸福我願意陪在她身邊。這些話說出來只需要一秒鐘，但是卻需要用一輩子去證明。沒想到，我也有這麼認真的時候，遇見她以前我一直覺得，感情開心就好不需要負責，反正喜歡就在一起，不喜歡就分開。說清楚好聚好散，說也奇怪不喜歡肢體接觸的我，居然會主動牽她的手，她抱著我，我也絲毫不覺得彆扭，只覺得溫暖，

好像遇到她，我的原則都不是原則，好像遇見她，我的人生就是一場特別的旅行，遇見她，我的人生多了好多味道，也多了很多色彩。遇見她之後，我沒有想過

我會那麼想活著，想努力地給她未來。也許，這就是愛，這就是愛上一個人之後不一樣的改變。

天差地別的我們遇見了彼此，就像是太極一樣，黑中有白，白中有黑，合在一起就是八卦，互補。也是這就是命運讓我們命中注定的原因。

遇見妳，我的全世界。

Chapter

5

C5

Life = 1/2 Happy + 1/2 Sad

　　我愛妳這三個字講出來只需要 0.1 秒的時間，可是證明卻需要一輩子。人生裡總有些心意或感受，是不可能向別人坦白，或讓對方知道。然而不能開口，那些感情與故事，卻未必會隨著時月遠去而漸漸飄散。反而越是離開，越會想念、越收起、越在乎。所以後來……

　　漾：『剛剛在電影院就濕掉了』

　　我：『蛤……???!!!!!!』

　　漾：『妳摸摸看啊』

　　我：『蛤……？！？！？！』（是真的驚訝了一下，我腦袋中還是這些 0.5 秒以前發生的對話，遲遲不能自我。）

　　換好位置之後，不知道是不是因為車子沒有很亮，感覺也不太害怕，反正我就直接吻上去了。我感覺到沒有防備，她……胡亂的回應我的吻，然後總是會撞到我的牙齒這時候我就知道這個人不會接吻🫘。也不禁懷疑這個女生，真的有談過戀愛嗎？不是有跟前任上過床，為什麼接吻那麼羞澀呢？

我融化了，我陷進去了

　　後來我故意離開她的唇，她感覺很害羞又不知道怎麼辦。看著她著急以及聽著她急促的呼吸，我知道她害羞了又想把人整個埋進去我的懷裡，知道她想要我，然而我又何嘗不是呢！後來我跟她說接吻嘴巴要張開，不要總是閉著，慢慢的我開始牽引她，她也跟著我的節奏練習著接吻，慢慢的她申了舌頭，我感覺到她申了舌頭之後不知道該如何是好的感覺，我也申了舌頭回應著她，並帶著她進入不一樣的世界。我想抱她，手開始擁抱她，開始在她背上游走，情不自禁的就跟撩起了她的衣服，然後才發現我好像越界了，這時我問，可以嗎？雖然有點太遲，她沒有說話，我以為她會甩我巴掌或是突然恢復理智，突然間她突然吻了上來，我覺得那應該就是允諾吧。我開始加深了這個吻，她主動的吻，但是主導權卻在我這裡。慢慢的慢慢的，越吻越激烈，我脫了她的帽 T，發現這個人還穿了件 T-SHIRT 接著脖子，肩膀，鎖骨，我都吻了一遍又遍，此刻的我多麼想要她，我手伸進去衣服裡面，隔著內衣摸著她那兩團柔軟，我融化了我陷進去了，我脫了她的 T-SHIRT 辦拉開她的內衣開始用舌尖吸允著她那柔軟的頭，她慢慢的發出悶哼聲，真的讓我原本還想要冷靜收手的想法，瞬間

拋到腦後。接著，她的內衣也被我悄悄解開了，我開始一邊親吻她，一手枕著她的脖子，一手撫摸著她慢慢的手伸進去了她那早已是海水的灌溉過後的森林。

但我突然發現了什麼她刮了毛？她居然刮了毛？

但是我也沒有震驚太久，她開始雙手勾著我的脖子，像是示意我繼續一樣，接著她種了一個草莓在我脖子上，後來越種越多，慢慢的她的呼吸聲越來越急促，悶哼聲，也越來越大聲。那嬌滴滴的聲音，以及她的皮膚親吻起來，跟男生真的不太一樣，此刻的我覺得她真的好美，車裡隱約看得到月光打進來的微微的光，讓我覺得這女人真的是可愛到不行，**剛剛的害羞呢？去哪裡**了？我身上的衣服也在不知不覺中被她脫掉了，那個不敢看我的女人，現在用那麼深層的眼光看著我，還脫了我的衣服，甚至是我的內衣，她開始吸允著我，我也接著開始用中指撫摸她的豆豆，她有些顫抖，我又問了一次真的可以嗎？這時我又得到了一個吻，我像是個小孩有糖吃一樣，我開始加深了我的力道，畫圈，中指，食指來回的撥動，就像撥動琴玄一樣，她的悶哼聲成了我最愛的樂章。慢慢的我放入了第一根手指中指，阿，嗯，嗯，哼……我知道她真的很渴望我，我也是我好想

要佔滿她的全部，慢慢的我又放入了第二根手指，她的
悶哼聲又更急促了，我開始讓兩根手指抽插，時不時的
拿出來在她的豆豆上畫圈，再放進去，慢慢的她開始拱
著身子，我知道她快了，我開始加速的抽插，進去出來
然後在她嗯，嗯，嘶，啊，啊……的悶哼聲之後我知道
她到了，但是我就是不想放過她，我開始把她的褲子，
內褲脫掉，本來想要用手繼續，但是她突然說，**幫寶寶
舔好不好**，說真的我沒試過，我也沒跟女生有過這無比
的親密，所以我有點猶豫，但是我真的好想要她，所以
我照做了，我用我的舌尖去碰觸她的豆豆，來回旋轉，
像親吻她的唇一樣小心地呵護她。慢慢的我含住她整個
「森林」可以說是吸允，又來回用舌頭去觸碰她的敏感
地帶，一邊慢慢的手指也放了進去，她高潮了，就這樣
我要了她兩次。我們身上都多了些痕跡，此刻她的臉就
像顆紅色蘋果一樣，她很害羞。就這樣，我抱著她，她
抱著我，我們都不願意分開，要不是明天要上課，她的
媽媽在家，我想我們可能會在車上過夜也不一定。

　　總之是我們第正式在一起的第一天，也是我第一次
和女生上床，更是我們彼此的第一次。但是「漾」不相
信，她說我這麼會，可是冤枉啊！我真的是第一次跟女

生，這麼親密的接觸，也是第一次車上做這樣做壞壞的事，眞的是太令我震驚了。

後來我們爲了相處了時間多一點，我幾乎每個禮拜都去看電影，那感覺眞的很幸福，妳身旁的人是妳最愛的人。手牽著手沒有距離，然後我們靠著對方，不用言語的在對方身邊，我想那就是愛平凡且平淡的愛。

後來大概過了三個月，我們決定同居。是不是很快，我也這麼覺得，但是我很興奮，同時也很開心。也擔心，我的「漾」爲了跟我住，這樣她天天要開很久的車，我其實很不想她這樣開車。但再三確定過，她說她沒關係她願意爲了我住那麼遠，其實光是這一點，這個女人就值得我去珍惜跟愛一輩子了。

她決定跟我住之前，我們其實有出去玩，過夜過一次，但是那次是跟教會出去的，那一次我以爲跟我之前去的教會的活動一樣，所以我邀請她一起去，結果沒想到整個就是都是敬拜禱告的行程，但是可以泡溫泉。本來想說我們可以製造一些旅行的特別的回憶，但是整個旅行大概就是睡覺，在房間玩 SWITCH。因爲我的她大概對那些敬拜什麼的沒興趣，所以我也就陪著她一起在房家耍廢。然後那邊也可以玩排球，網球，我知道她喜

歡玩排球但是我打排球每一次都有意外，我右手上的傷疤就是之前打排球來的。她不相信，結果我玩了一下下然後我就，不負期待的我的右手受傷了，超厲害手打到樹，然後樹有刺，我的右手便有了刺紮在肉裡面。接著席捲而來的疼痛，然後她就是各種心疼，各種覺得我是笨蛋覺得我是傻逼的看著我，想要幫我擦藥，但是那次去教會活動的，還有一個朋友是個男生，他也知道我手受傷，然後要來幫我擦藥，我也沒有拒絕我想說應該沒差，但是大家後來都在看我手，我朋友幫我擦藥，我「漾」反應超大，我一開始沒有意識到，有檸檬的酸味，所以我就繼續讓我朋友抓著我的手，幫我拔刺，然後我慢慢的聽到我的「漾」說我的傷口要怎樣怎樣處理，然後說要怎樣拔刺同時聲音變大，她也把我的手從我朋友手上搶了過去，真的是搶了過去，就像是妳珍貴的東西被別人拿走，一定要搶過來的搶。那個瞬間，我才真的知道有人吃檸檬了。超酸，在吃醋，但是怎麼這麼可愛啊。吃醋的「漾」，真的好可愛，我看著她氣撲撲的幫我拔刺擦藥，心裡真的很開心，我是個很怕痛的人，朋友在幫我拔刺的時候我真的痛得要死，而且還有血，但是女朋友拔刺跟幫我擦藥的時候，我只覺得，那

一瞬間我根本忘記什麼是疼痛，覺得疼痛都不是痛了。看著她，就好像那是我的未來，是我想要的樣子。

當她說要來跟我住的時候，我的心裡已經有我們未來的模樣，即使會吵吵鬧鬧，即使會冷戰，我都接受因為那是生活的一部分。住在一起才知道，兩個人的生活習慣真的大不相同，但是哪對情侶不是這樣，磨合，磨合，有磨才有合呀～～～原來的她很喜歡抱抱的，住在一起後變成我喜歡抱抱，而且我還喜歡討親親。

我們不管誰出門，都會給對方一個親親。愛一個人是很難去解釋的，沒辦法形象化，因為愛很抽象。妳沒辦法去定義愛是什麼樣子，我不知道未來的我們會如何，但是我絕對不會輕易的放棄這段感情，至少我要努力過，而且要解決每次吵架有的問題。

我知道我們之間有很多的問題，可是我相信是可以解決的，如果真的想要一起慢慢變老，就算現在不住在一起，以後也會。

雖然總是吵架，但是不管怎麼吵架，我們都說好了一定要有個人堅持不放開對方的手。我相信，我們可以一起慢慢的變老，一起成長。

　　我的她（「漾」）有著一顆很細膩，很善良的心，不管對誰，她就是那樣的沒有心機。特別是對喜歡的人，真的會對她很好很好。她就是這樣所以真的很惹人疼，兇的時候兇巴巴，撒嬌的時候又像個小孩很可愛。我就比較不一樣的，我情緒一來就什麼都不管了，就是很兇差不多發神經的那種。但是就是很氣啊，只是說遇見「漾」之前的我，簡直就沒什麼情緒，也不知道為什麼，遇見了她居然會失去控制。也許人生就是這樣吧 以數學公式來說

$$Life + Love = Happy$$
$$Life - Love = Sad$$

$$2\ Life = Happy + Sad$$

$$\therefore Happy + Sad$$

$$2$$

$$\therefore Life = 1/2\ Happy + 1/2\ Sad$$

　　永遠都會有一半的快樂一般的不快樂，這就是人生，是我們永遠都要學習的。總之我很愛她，希望她也很愛我。也暗自希望我們的故事會一直下去……

Chapter

6

C6

我們沒有不一樣，我們都一樣！

　　我們沒有太多的激情，有也沒有所謂的朋友基礎。就這樣再一起了，感情就是這樣～～一不小心太瘋狂。

　　時間會慢慢的沈澱，有些人會在你心底慢慢慢慢的根深蒂固，就是「瘦的時候進到心裡，胖的時候就卡住出不來了」（引用抖音）。

　　這個世界就是這麼不完美，你想得到些什麼就不得不失去些什麼，所謂的愛情是沒有樣子的，或著說每個人的定義不樣，總之全靠體會。就是只可意會不可言行。愛是個很抽象的「東西」 妳看不到，可是可以感覺得到，可以很快樂，也可以很受傷。

　　說真的那個當下，我知道我愛上她了，我想跟她再一起，但是我並沒有真的很想跟她在一起一輩子或是給她承諾，因為我覺得我大概又是新鮮期過了，就想分手的那種心情。我很害怕，給不了承諾或是害怕做不到，我沒有交過女朋友，我跟五年那個男友分手之後，我在交往的男生大部分都是半年就分手了。原因有很多個性不合，還有我真的不喜歡太黏，覺得麻煩。也許很多人

遇見她以前我真的唸書唸到想放棄，我想回台灣了
不想再待美國了，可是遇見了她讓我想要留在她身邊。

會說這樣很渣，但是我覺得不喜歡不愛了就分開啊，沒什麼。既然知道不愛了那就分手也不要耽誤對方，乾脆一點分開。

後來也不知道為什麼就……越來越喜歡甚至有了想在一起一輩子的想法，遇見她以前我真的唸書唸到想放棄，我想回台灣了不想再待美國了，可是遇見了她讓我想要留在她身邊。就是一種覺得她在我可以很好很安心，就是一種靈魂契合的感覺。反正我也不會形容，大致就是我其實不能沒有她。但是我也不知道為什麼，我們都不想結婚，我不想結婚可能是因為家庭的關係，而她是說為什麼要結婚，就不能簽個什麼委託書，急救的時候，可以幫對方簽名就好。她說的也沒錯，但有些人說，結婚才有保障，但那個有保障的合約，就是俗稱的結婚。講到這邊好複雜，但我們的故事大概就是這樣。

在一起了，同居了希望可以再一起很久很久，最好一起慢慢變老。即使吵吵鬧鬧，即使常常吵架即使我們常常誰也不讓著誰。想象總比現實美麗，相逢告別各具滋味，愛能積累成長經歷，愛讓陌生變得熟悉。那天之後，我們的故事就一直持續到了現在，我相信還是會繼續下去，而且會一直不停的有新的故事。我們的生活大

概就像其他情侶一樣，該吵的架不該吵的我們都吵了。兩個人再一起後才知道，原來真的連小事情都會吵的不行，也許有時候的我真的是淘氣無理，只是想要她的多一點關注；我的霸道野蠻，只為讓她牢記。若能執手相牽，我會為了她改掉壞脾氣。

未來何去何從，只要妳開心我就沒關係！

後來我們跟教會的活動差不多就是禱告敬拜，但是因為我手受傷之後我們在房間的時間又更多了一點，有一次我們泡完溫泉回來，我們洗完澡之後躺在床上，聊天聊著聊著，原本抱著我的「漾」，她的手在我不知不覺中，慢慢的在我身上遊走，也許是因為受上的傷疼痛讓我沒有意識到，有個小紅帽變成了大野狼。她的手開始在我身上遊走，慢慢的開始觸碰著我的柔軟，直到她吻了我，**我驚覺我這是要被吃掉了嗎？但是我居然無法反抗？我是怎麼了？我怎麼了？**

不過，我馬上恢復了理智，我說不行等等有人進來，（房間其實就3個人睡，我，「漾」，教會的一個長輩），我想阻止她但是她卻變本加厲，加深了吻慢慢地吐了吐舌頭來試探我，手也越來越不安份起來。明明是受的她，居然也有想攻的時候。真的太令人震驚了，我

是真的很擔心等等有人會進來，但是我的她居然沒有理會我說的話，反而說這樣很刺激。**WHAT？不是啊我剛剛到底是聽了什麼？我為什麼那麼震驚？**不過我倒是沒有想過我會這被吃掉，然後沒有反抗。後來她的手也慢慢的覆上了我的那柔軟，我也不由得發出了悶哼聲，這樣還不夠，她居然開始吸允著，手也沒有停下來，慢慢的脫掉我的褲子甚至是我的內褲，最後我全身赤裸的在她面前，她開始用指尖去撫摸我的禁地。少不了的畫圈來回，接著的一根手指進入了我的身體，慢慢的第二根，來回抽插我的悶哼聲也越來越大，一邊擔心有人會進來，一邊擔心我會被可愛的女友玩壞。她看我聲音越來越大，她就越開心，無奈她月經來不然我也好想要她。接著我拱起了身體，沒錯我到了。沒有想到居然那麼快，肯定是她太可愛了，我光是看著她我就覺得好幸福了。

　　接下來了的幾天活動，我都還是待在房間，我半夜被吃掉，早上也被吃掉，我的性福啊！但是我真的不知道，明明辦有人在旁邊，我的小可愛怎麼敢要我呢，手指抽插加上舌頭的伺候，我真的是招架不住阿。不過說真的跟女生一起，比男生舒服很多，可能因為都是女生

所以相互了解吧。不過這段故事，我真的是印象深刻，畢竟這回憶一輩子也忘不了，比車震還刺激，我從來沒想過這種劇情會發生在我身上，簡直了！

後來的我們，偶而會在戶外走走，她要親我抱我，我下意識的閃躲，其實是因為我怕教會的人看到。都是老人，然後我很怕他們反同，所以就索性先瞞著。但是這個無心的舉動卻傷害了我的「漾」，我明顯地感覺到她不開心，問她也不說。一直到我們活動結束，回去了她家她晚上傳 line 給我看的，我就在她旁邊她傳 line 因為她說怕會哭。她說

「不知道該從哪說起，可能對我來說，基督教就是一個為了賺錢，也很會賺錢的教。

對我來說，基督教的人很多都很雙標很偽善，也許只是剛好我去聽到的都這樣，也許只是我理解角度不一樣。

之前第一次去教會的時候，還滿認真在聽他們解說聖經的故事。

忘了在說什麼但大概就是，那個人講說他以前平常早上天天一杯咖啡，都不會去教堂，過得很不快樂。

後來開始去教堂之後，把每天的咖啡錢都捐給了教會，就過得開心很多。說把少少的錢，自己能力範圍的錢捐出去會比留給自己買咖啡喝快樂。這個我同意。

但這擺明就是要大家掏錢給教會，第二次去另一個教會聽到的說，人太貪心，慾望永遠滿足不了，只會慾望越來越高。「說人不應該奢求奢侈品。到這裡都還能接受，直到下一句那個人說應該把買奢侈品的錢奉獻給 God，然後 blah blah blah 我就不想聽了。」

因為那個人在放 power point，用的電腦是台 Mac，不要跟我說 Mac 不是奢侈品！這世界上有多少人買不起 Mac？

這世界上明明有其他更需要的人。

這次去溫泉，其中一天吃飯前，在禱告的時候，那個人說：

感謝上帝賜給我們這一餐 Blah blah blah，讓我們有更多的力量、更多的力氣，講到這邊還卡了一下，說更多的力氣 worship god

我就不知道該說什麼了……

然後常常聽到的「God loves everyone」，根本不是這樣的，如果真的是這樣？為什麼基督徒都這麼反同？

而且這世界上不能接受同性戀也是因為聖經吧！

妳說我在泡溫泉那邊不能親妳，這個感受就像跟去逛街那一次一樣，但是不一樣的是，平常妳在路上都不怕被別人說什麼，妳也跟妳同學朋友出櫃。

只是妳也不敢跟大人長輩出櫃，原本妳一直拉著我公開，好像妳不怕被別人知道，也不怕被異樣眼光看待，但其實妳也還沒準備好。

妳當了大家所謂的「正常人」十幾年，但不一樣的是，我從國高中發現自己跟別人好像有這麼一點的不一樣，一直到認識其他能接受的朋友之前，我一直都是偽裝得跟其他人一樣，很怕自己跟別人不一樣。

一直到大學已經學會偽裝也習慣偽裝，之前交的幾任也沒想過要公開或是讓其他人知道。

一直到跟妳之前我都沒想過讓更多人知道自己跟別人不一樣，如果今天妳說在溫泉那邊不能摟摟抱抱是因為旁邊，有大人不太好，我還可以接受。但現在不能親的理由只是因為我們都是女生。(其實並沒有這樣說......)

　　這樣就好像是原本快踏出去的那一步時候又被妳拉回來了，被那個把我推出去的人拉回來，這是什麼感受，而且這樣就好像是自己跑到別人的地盤，跑到一群明明知道不會被那個人接受的人群中，偽裝得好像自己跟其他人不一樣。（其實本來就沒有不一樣，喜歡一個人的心情跟性別沒有關係。）

　　偽裝成不是他們討厭的人，但想像如果對方知道，了看待妳的方式會完全不一樣，光想像就很討厭那種感覺。（其實是她想太多了）看著一群人互相交流好像很開心，雖然我本來就不擅長融入人群，看起來好像很和諧的場面，他們明明也沒特別做什麼，但是在各個角落

　　很多人也因為這一群人而痛苦得活著。跟這一群人一起妳也不能好好做自己（我一直都好好地做自己。）

　　妳這樣會比較開心？反正在那邊的幾天，一整個就很不自在。當妳覺得這個世界好像開始在慢慢變好的時候，好像可以慢慢做自己的時候，才突然發現這個世界其實根本什麼都沒有變。」（為什麼都沒有發生的事情，要想那麼多那麼在意外界的眼光只會讓自己活得不開心而已。）

　　說真的我不知道該說什麼，我看完的當下發現她哭了，我只能抱著她說，沒關係有我在，不管怎麼我們一起面對。這是我當時唯一能說的，我不知道該怎麼辦，但是我知道我們的愛沒有不一樣，我對對方的在乎跟異性跟異性戀沒有不一樣。但是這個社會對我們很不友善，包括自己的父母也都不一定支持，但是這是為什麼呢？我不斷的問自己，什麼是對什麼是錯，愛一個人有錯？我們有沒有吸毒，沒有去偷去搶。我們只是愛上了一個人，再說神愛世人，難道我們就是罪人嗎？這些問題的答案是什麼，沒有人知道，如果愛可以控制，失戀的我們會痛嗎？如果愛可以控制，這個世界上還會有人不能跟自己喜歡的人在一起嗎？我曾經覺得聖經就是吸引力法則而已，你想要的你會朝那個方向前進，最終你會獲得成果，也許不是最好的，但是確實得到了一些什麼。到現在「漾」問我的，我至今沒有一個準確的答案，只能說我愛她，她愛我，我們的愛沒有不一樣。我不知道為什麼世人不能接受，為什麼宗教要去判定我們的愛，我們沒有不一樣，我只是愛上的人剛好是一樣的性別。我們沒有不一樣，我真的心理由衷的希望，這個世界可以多給我們一些溫暖。我們真的沒有不一樣，我

們沒有生病，我們也不是神經病，可以不要接受但是能不能不要惡意攻擊呢？能不能善待我們，聖經也許是神寫的，但是是人翻譯出來的，意思不一定都對阿。每個人對一個字，一句的話解釋都不一樣，為什麼要反對我們？有些人明明不是基督徒，卻為了反對而反對，人云亦云的突然就變成基督徒。那些反同的人能不能不要拿宗教當藉口，能不能就承認我們沒有不一樣。一樣都是愛，為什麼同性的愛，就成了罪惡，那些反對的人可以給我們一個解釋嗎？什麼是對？什麼是錯？有定義嗎？是大部分的人做一件錯的事情就是對的？還是少數的人去做一件對的事情就是錯的？

我們沒有不一樣，請多給我們一些，尊重、友善、包容，這個世界會很不一樣。

我們沒有不一樣，請多給我們一些
尊重・友善・包容，這個世界會很不一樣。

Chapter

7

C7

親密，激情，承諾

　　有一種幸福就是妳睡醒跟睡著，妳身邊的人都是妳最愛的那個，那是可以跟妳走一輩子伴侶。我的文章比較是紀錄型的，因為這就是我們一起走過的路。我的「漾」是個貼心鬼：

　　一般我出去玩都會帶枕頭巾，因為怕外面的枕頭不太乾淨這樣。可是這次我忘記了，她就默默的用她的 t-shirt 把枕頭抱起來，可是我根本什麼都沒說。我發現的時候，就覺得怎麼這麼貼心，感覺心裡暖暖的😊😊

　　我們有一次去吃烤肉，不知道為什麼坐的位置很冷，然後吃烤肉我一般會搭配可樂，然後就很冷啊，我就一直跟她說。然後她一開始很不耐煩，還兇我，結果後來她就幫我跟服務員要了熱水，然後順便把我的可樂沒收了。有點霸氣喔～～～

　　因為出去玩的地方很冷，然後飯店的被子不夠，而且房間是那種很多人住的，但是我們房間只有3個人，然後晚上我們一起睡，因為真的很冷。睡到半夜，我真的冷的不行，可是她睡成🐷，就是還會打呼的那種🐷

我記得那時候我因為考試很忙，沒時間吃飯
然後她知道就很生氣，說我等一下有胃痛還是什麼的
結果隔沒多久就叫我去開門，我那時候黑人問好like this
原來是她叫了uber eats給我，超級貼心的。

豬。然後我說，寶寶我好冷啊，打呼聲，瞬間沒有了，我當時多表情是☺，然後一個 moment 她翻身了，她抱著我給我溫暖覺得幸福☺☺☺

我記得那時候我因為考試很忙，沒時間吃飯然後她知道就很生氣，說我等一下有胃痛還是什麼的，結果隔沒多久就叫我去開門，我那時候黑人問好 like this🙅🙅，原來是她叫了 uber eats 給我，超級貼心的。愛兇我，又很愛我的寶寶～～～有一次不知道是怎樣，我不舒服到，我開車都有困難，沒辦法去上課，去看了醫生還是很不舒服。然後我有跟寶寶說，寶寶就一副那怎麼辦，簡訊愛回不回的。

然後我說我想要她照顧我，後來我看完醫生回家，我就說我先睡覺了。突然我手機響了，她說開門，我又是黑人問好，但是我猜她一定在門口，所以我去開門了，真的是寶寶欸。那時候在不舒服，都好了一半了，看到她的那個瞬間真的好開心，覺得寶寶怎麼那麼好，就是我就講想要她告訴我，她就開一個多小時來照顧我，買了維他命，香蕉，還有麵包因為我不舒服，什麼都沒吃。那時候下午不知道幾點。總之，我覺得我家寶寶是個貼心寶～～有她在好幸福

　　也許，愛一個人就是不管再怎麼忙綠，都會放下手邊的事情，趕到對方身邊照顧她。謝謝所有認我們相遇的緣分。我所有的運氣都拿來遇見「漾」了，遇見她就是我這一生最幸福的事情。

　　你們說，我們對彼此的關心跟異性戀不一樣嗎？我們的愛到底哪裡不一樣？我知道大部分固有的思想是無法輕易地去改變，是沒辦法用教育環境去改變的，但是我們的愛真的有不一樣嗎？爲什麼都要用道德去綁架我們呢？

　　不能生小孩又怎麼樣，多少人生了不養，多少人棄嬰？這些人，你們會說他們不正常嗎？異性戀霸權的你們，不接受可以，但請告訴我爲什麼要去傷害別人。今天路上有一個男生跟女生告白，你們會介意嗎？不會的話，換成同性就不行是爲什麼呢？就算不宗教還是一堆人反對，這是爲什麼呢？

　　生命給了我們靈魂，可是沒有教會我們怎麼走怎麼做，所以在情感的路上兩個人必須風雨同舟，因爲愛情就是一種遇見，不能等待，也無法準備，有愛的每個人

不就就是這麼存在著的嗎？為什麼一樣的事情同性，就不可以了呢？你們這些反對的人，不就是雙標嗎？

總之，我看到那段「漾」傳給我的話，我想了不少，至今想不明白。但我相信著，我們會一直一直的在一起，直到死亡將我們分開。

我們之間差點分開-差點沒有故事

我們很不開心的故事，其實猶豫了很久才決定真的放上來的。因為我想要這本書都是快樂的回憶。時間發生在01/02/2020我們回台灣放寒假的時候，這次回台灣也是我們第一次分開那麼久，第一次吵架吵的那麼嚴重，第一次我聽到我的「漾」寶寶說要分手。

我其實真的不知道我們怎麼了，為什麼會變成現在這個樣子。我明明一直很珍惜她，為什麼她還是想離開我。在台灣，吵架全部都是line打字，沒有打電話，就連我說回美國面對面說，她也不願意。她很堅持要分開，要搬走就是要離開我。

但是後來我們回美國了，我們看起來就沒有什麼改變，她假裝什麼都沒有發生，我也想假裝什麼都沒有發生，可是我卻天天哭，在她看得見看不見的地方，我都

在哭。我們還是跟正常情侶一樣，一起吃飯，一起看電影，一起同居，一起牽手，一起擁抱，一起親親。

「漾」她今年 2020 年 3 月畢業，不知道工作在哪裡，她的選擇只有台灣跟紐約並沒有加州。其實我明明就知道結果了，我也不知道我在堅持什麼。我明明知道她要離開，我還在捨不得放不下。我真的不想自己後悔，也不想讓一個這麼好的人離開。我很想開口留她，又怕自己給她壓力，我也不知道為什麼眼淚就這樣一直掉。我也好想就馬上放下她，我也好想瀟灑的讓她離開放她自由。可是這 1 年多的時間我是真的認真的愛她，也很珍惜她。我其實一直都沒有變，還是原來的那個我，我還是很愛她。我真的好愛好愛這個人，我好不想放手，我挽留過一次了。如果這次她還想離開，我是不是要放手了？想走的人是不是真的留不住？

01/10/2020 2：01 加州時間

我們大概跟所有的情侶一樣，該吵的架都吵了，不該吵的架也吵架了。這大概是所有情侶會歷經的過程，尤其當其中一方要畢業要面臨工作的抉擇的時候。

　　這時吵的架尤其的多，不管你跟你的另一半說什麼，她都會覺得有壓力。可能帶著這些壓力，讓她對我們的感情更加失望了，我理當應該是最支持她的人，卻成為了造成她壓力大的人，我是應該要支持她決定的人，但是我不希望省略討論的過程。也許她覺得跟我講了結果，我就一定會支持她，是的我是說過我會支持她。也許，是私心吧我還是希望她能留在我身邊，不是沒有談過遠距離戀愛，可是遇到她我好像世界都圍繞著她，我好像再也不像以前那樣，照著計劃生活。

　　有了她生活變得好有趣，喜怒哀樂，什麼都有就好像可以吃到辣到爆的料理，也可以喝到甜到爆的飲料，一下熱得要死，一下冷得要死，一下又害我好感動。這樣的她，這樣的我們讓我離不開她。有了她我的生命才是完整的。

　　剛在一起時候的我們真的好快樂好快樂，我的寶寶喜歡抱我，睡覺也喜歡抱著我，喜歡我討親親抱抱。現在的妳（當時）快要畢業了，要找工作，我知道妳壓力大也知道工作不是說找就能找到了，但我真的是想支持妳，因為我愛妳所以不管妳做什麼，我都愛妳。即使妳目前的未來規劃裡面沒有我，我也願意等妳，等妳有一

天把我加進妳的未來計畫裡面。我想對妳說，我不會阻止妳去追逐妳的夢想，更不會當妳夢想的絆腳石，當妳飛累的時候，要記得飛回來我的身邊，我的懷裡，重新充電，再繼續飛翔。

　　我愛妳，我知道妳很獨立，不需要別人照顧，但是我不會因為妳獨立就不去照顧妳，想讓妳知道妳不需要那麼堅強的，有我在妳可以軟弱，可以任性，可以無理取鬧，妳可以像小孩子一樣吵鬧，也可以生我的氣。但是請妳氣消了要記得回來，我會給妳擁抱，然後告訴妳對不起，妳跟我提分手的時候，心真的碎了，雖然沒有分開，但是這9天我真的不知道哭了多少眼淚。然後突然回憶起，之前有一次我們吵架，為了一雙筷子，想想真的很好笑，也知道妳是為了我好，可是當下我真的很生氣，後來我怎麼找妳都不理我。滿世界的找妳，最後找到了，我就默默的告訴我自己，絕對不能把自己最愛的人搞丟，沒想到我現在好像把妳弄丟了，答應妳的事情我真的會慢慢改，我只希望妳好好的。我知道工作優先，但是為什麼不能工作跟我一起呢？我不能自私的要求妳等我三年畢業，等我有工作給妳想要的生活，對不起一直沒能好好照顧妳的感受，是我太自私了在外面從

來就沒有替妳多想一點。是我只顧著我自己，難怪妳要提分手，這一次如果和好，我告訴我自己我千萬不可以在把我最愛的人弄丟。這一年多以來謝謝妳爲我犧牲，爲我所付出的，謝謝妳願意跟我相愛，謝謝妳愛我，可以讓我把妳找回來嗎？這一次我一定不會把妳弄丟的，不管用什麼方式，我要把妳的快樂找回來。我要讓妳一直幸福下去，對不起，我愛妳。

Chapter

8

C8

時間是主動的還是被動的

02/14/2020 00：00am 加州時間——情人節

之前有些不愉快的事情，也在一個匿名平台發文希望以後都可以儘量不要發生不愉快的事情。

原來以為，我來美國唸書留學的這幾年，會這樣平凡無趣的度過。直到遇見了妳，咖啡苦與甜，不在於怎麼攪拌，而在於是否放糖；一段傷痛，不在於怎麼忘記，而在於是否有勇氣重新開始。只要有妳的陪伴，再遙遠的距離，妳都會在我心裡。

2018 年 11 月 12 日 21：11pm 那時候的我們，還不了解對方就在一起了，所以這一年來我們有很多的誤會與摩擦，但是幸好我們都沒有放棄彼此，也謝謝妳對我的包容，謝謝妳在我們吵架的時候，妳出去玩還是想著我，買了好多我喜歡的東西給我。

今天是情人節，2020 年 2 月 14 號 00：00am，謝謝妳還在我的身邊，謝謝妳願意與我相愛，我還記得剛在一起的我們，還沒有住在一起，我們會為了對方每個禮拜開來開去，只為了見對方一面。後來的妳，為了我搬家跟我住在一起，變成，妳每天要開很遠去上學，來回至少 3 小時，犧牲的時間與精力還有金錢，真的辛苦妳了。謝謝妳那麼愛我，包容我的壞脾氣，不好的生活習慣，

還有，有時候的情緒勒索。剛開始在一起的時候，明明是妳比較愛我，現在變成我比較愛妳。還記得當時我心想，我 3 個月就膩了，沒想到我們現在都一年 3 個月又 2 天了。跟妳在一起的日子真的好開心，就算吵架吵的很兇，那也是生活的一部分，有時候吵架並沒有不好，至少可以知道對方為什麼生氣，為什麼會吵架。當然我也知道，我做的不夠好，是我不夠體貼妳上課還有開車那麼辛苦，還要跟妳吵架。對不起，是我讓妳開開心心的跟我在一起，卻失望難過的想離開，我向妳保證這一次我絕對不會讓那麼愛我的妳，再有想離開的念頭。在我這裡，妳可以生氣，無理取鬧，可以任性，可以肆無忌憚，可以像小孩子一樣。因為不管妳怎麼樣，我愛的就是妳，妳可以不需要為我改變，我愛的就是原本的妳，妳不會認路又怎麼樣，妳有我啊。妳不會煮飯又怎麼樣，妳有我，我煮給妳吃。妳累了怎麼樣，妳有我啊，我的肩膀給妳靠，我的懷裡永遠為妳敞開。妳知道嗎？

　　遇見妳就是我的幸運，如果一輩子的運氣都用在遇見妳，也值得了。謝謝妳可以為了我早上 5 點起來煮早餐給我吃，謝謝妳會偷偷買我喜歡的東西，然後叫我去拆包裹。謝謝妳，在我生病我說，我想要妳照顧我的時

候，妳就放下手裡的事情，開了很遠的車跑來照顧我。與妳在一起的點點滴滴我都記得好清楚，不是我刻意要去記得，而是在不知不覺間，妳已經深深的住在我心裡了。

遇見妳就是我的幸運，我會永遠做妳的尤加利樹🌳，會一直守護著妳這隻可愛的「漾」漾。我好想趕快畢業找工作養妳，想要寵愛妳一輩子。今年3月妳就要畢業了，找工作壓力大，無論如何我會支持妳的，我不想當妳夢想的絆腳石，妳放心去追尋妳的夢想。只要妳記得，飛累的時候，不需要那麼堅強，妳還有我，要回到我的身邊，我的懷裡。我會告訴妳，加油，不要擔心，妳是最棒的。妳總說我不靠譜，懶惰，我天天找眼鏡錢包，喜歡賴床。是因為我知道妳總是知道我的東西在哪裡，而賴床，只不過是我想要多抱抱妳，所以才賴床。抱著妳的時候，可幸福了。心的距離，感覺好靠近好靠近，抱著妳的時候，我的心跳其實還是很快。明明都在一起那麼久了，靠近妳的時候還是會怦然行動。

日常的我們

　　某天我下午 1：40pm 左右去接「漾」回家，她去參加一個學校的活動，吃的非常飽

　　我：妳餓不餓？

　　漾：不餓 我吃的ㄏㄠˇ ㄅㄠˇ（還不忘捏捏自己的肚子 真可愛😊）

　　我：我想吃腸粉妳去陪我去吃？

　　漾：好啊～～（回答的這麼開心 是又要吃了吧哈哈哈）（這「漾」上輩子大概是一隻愛吃的豬）

　　我：我感覺妳等等就餓了

　　漾：才不會呢 哼😀（就是要搭配那個表情，我找不到更適合的 Emoji 就這個吧）

　　我：妳晚上肯定會餓 然後又要一臉正經的跟我說 妳餓了 哈哈哈哈

　　漾：才不會 不會 哼😀

後來我們到腸粉店 沒開門尷尬 之後就回家了

　　我：寶寶我好累喔妳去煮飯好不好 妳說咖哩妳煮的比較好吃

　　漾：我不要，我現在不想煮飯

我：好吧，那我去煮妳不可以說我煮的咖哩不好吃喔（因爲我女朋友煮的咖哩比較好吃哈哈哈）

漾：沒說話（在打遊戲⋯⋯）之後我煮的差不多了要去上廁所，經過她，我感覺有個炙熱的眼光一直看著我，我抬頭轉向那個炙熱眼光的方向，沒錯就是漾在看我。於是：

我：妳在幹嘛？

漾：看妳啊

我：看什麼有什麼好看的 打妳的遊戲啊

漾：看妳可愛啊 看妳不行😀😀😆😵（那時候看她這樣我都融化了，好可愛啊怎麼會有那麼可愛的人哈哈哈哈，但是我還是很賤的說。）

我：神經病 妳是不是壞掉了

漾：哼～～😣後來煮好，我自己吃飽之後，過一陣子我要去把剩下沒有吃的咖哩，收起來，跟洗碗什麼的。我就隨口問了一句

我：寶寶妳要吃飯嗎？

漾：要 我要！！

我：剛剛誰說不餓的 哈哈哈哈😂😂😂

漾：要加 cheese 喔！！

我：好（眞的是敗給她了 哈哈哈）我就說妳會餓的吧 妳看看 哈哈哈哈

漾：哼😳😆😛😊😋

還有一次我們要睡覺的時候，那時候蠻晚的，半夜兩三點吧，「漾」跟我說。

漾：欸欸欸 😶我跟妳說一件事情喔

我：什麼啊好嚴肅喔

漾：就是啊

我：嗯 什麼

漾：我餓了 我：（我剛剛是聽了什麼的🙉🙉🙉）妳不是才剛吃了東西（我記得我們吃了宵夜的）

漾：可是我就餓了嘛

我：不是妳知道嗎？我剛剛以爲妳要講什麼嚴肅的事情，我以爲妳怎麼了，還是發什麼什麼了嚇死我了。結果妳是要跟我說肚子餓………😐😐😐😐😐（我眞的是一邊笑，一邊想翻白眼，這個人上輩子是隻愛吃的豬，這輩子絕對是一隻漾版本的🐷。）

我：寶寶妳要吃飯嗎？
漾：要 我要！！
我：剛剛誰說不餓的 哈哈哈哈
漾：要加cheese喔！！

漾：笑什麼，誰說妳可以笑的，妳怎麼可以笑寶寶（哈哈哈哈笑死我了 馬上恢復鎮定）

我：那妳要吃什麼，我去煮。

漾：不要啦 太晚了（哈哈哈哈哈我又開始笑）

我：可是我也餓了欸

漾：那妳要吃什麼？

我：吃妳啊哈哈哈哈哈 😊😊😊　漾：……… 😊😊😊然後我們就這樣嘻嘻鬧鬧的一起進入了夢鄉 哈哈哈～～～

But 我家這隻漾睡不著的時候特別喜歡鬧我，不然就是在床上蠕動，like 毛毛蟲那樣。在床上蠕動就算了不要爬到我身上蠕動啊！我明明就是尤加利，爬到我身上蠕動是？我長的很像桑葉嗎？

哈哈哈哈 還有為了情人節我其實做了卡片 做完之後蠻有成就感的，只是說，漾很嫌棄我做的東西，她說我手殘。所以我不打算送出去了哈哈哈，感覺她還是會很嫌棄哈哈哈，我雖然是建築系的但是我都一直依賴科技，其實很少手切。

PS.照片就不放了，最後我還是送出去了，我也不知道她到底開不開心。

03/10/2020 03：40AM 加州時間

　　我知道妳不想被綁住，感覺這一次回美國，我們都學會了珍惜，再也不那麼經常吵架了。但是妳這個月要畢業了，妳選擇去紐約找工作，我支持妳。

　　可是妳知道我有多捨不得，有多害怕遠距離會使我們分開，當時的我轉學選擇去紐約現在會不會不一樣。我現在也重新申請當初錄取我在紐約的那間學校，如果錄取了我也一起去紐約，想說至少不是遠距離但是我們也不能像現在一樣天天見到彼此。不能講電話或是視訊，因為妳說妳去紐約是跟妳姊姊住在一起，妳怕被發現。而且也要妳有空。我不擔心我們有變化，我擔心的是我們因為變化而分開，像是沒有住在一起，不像以前那樣經常說話。

　　妳知道我擔心的真的很多，我很怕妳第二次提分手。第一次我挽留了妳，再一次我想我無法承受那樣的痛。這段感情，我竭盡全力的守護，是因為我愛妳……

　　Time will actually give us an answer. But it is always the waiting part that everyone hates.

時間會給我們彼此答案，可是沒有人願意去等待那個過程。

If you love someone, you would let them go and never hold them back. 如果妳愛一個人，妳會放手讓他/她們離開再也不會阻止他/她們。

時間會給我們答案，時間會治癒一切。

是我們被動的等到答案，讓時間淡忘治癒了一切，還是我們主動去追尋答案，在追尋的過程時間就過了？

時間是主動的，還是被動的呢？

Chapter

9

C9

突然出現的 COVID-19 打亂了我們的生活

03/31/2020 1：00PM 台灣時間

因為疫情我們回了台灣，一起隔離了一起隔離了 14 天加 7 天的自主管理。我們當時是住在我高雄家，4/22/2020 她回去台北了，又開始遠距離我以為經過上次的教訓，我們真的都長大了。但是差不多過了一個多月，我就明顯的覺得她變了，跟我見面都是有目的的，就是可能找我拿東西什麼的才要見面。也不會想我。

我可以理解她跟家人住，沒有出櫃不能講電話，不能視訊。但是發照片給我，真的很難嗎？我想我的女友，我約她見面需要用求的，我覺得她見到我跟見到鬼一樣。但是我不明白的事情是，既然真的想要分手了，為什麼要約我去上吉他課這樣總是見面不難受嗎？端午節連續假期前，我跟她要照片我說我想寶寶，但是她不發給我，那我就說我不理她了。她只是回我一個（喔）我真的很傷心，端午節連續假期過後，吉他課下課我問她為什麼都不找我，她說我也都沒找她阿。我那天買了她最愛的布丁給她，我想要和好，但是她卻要跟我分手。真的很生氣，吃了我的和好布丁還要跟我分手，還不跟我說清楚。那天下課後，我們吵了一架，我說談談吧。她不要，一直要走我說，講完再走，她不肯。我說

不愛了就不要拖著，她說拖著的人不是她，所以是我？我當下說那妳找我來上吉他課幹嘛。她沒有回答，只是乾笑我不明白這是為什麼。後來她家人來接她，因為話沒說完，我說別走我甚至追了上去，想問個明白。但是在她眼裡我的行為很不理智，可是這是我第一次追上去，我只想要一個答案，接下來她傳 line 跟我說分手，又一次的說手，我真的不明白為什麼分手可以那麼輕易地說出口。

　　她那天說分手，還要我幫她想理由跟她家人交代，當然我是沒有想，當下被氣到的我，也同意了分手，但是我真的很後悔，可是我們都沒有說清楚，就分開了。明明都知道有問題，為什麼不解決呢？

　　後來過了好幾天，我發了一篇文章原本只是想紀念一下，還有用不同的視角是寫我們的故事，被她發現了還舉報我，底下的留言有一個是她朋友留的。罵我罵得很難聽，說我很恐怖什麼的。那個朋友是跟她告白 100 次她拒絕的 101 次變成好朋友的那種朋友，我們因為這個人吵過架，她的前任也因為這個人吵過架。我始終不明白，我女友不懂得避嫌，這個朋友不懂得要避嫌嗎？為什麼可以總是傳曖昧的簡訊，為什麼有話都不跟我說，

要拖著要忍著，忍不了了再爆發，這樣真的能解決問題嗎？

　　分開了幾天沒有連絡，我記得當天我跟她說了全部的想法，我說我們之後再好好談談，但是她已讀我不回。在她那天說分手之前，我就在寫這本書了，大概剛在一起半年的時候，我就在想 2020 年底或是年初出版這本書。

　　現在的我甚至不知道理由，我們就分開了，我好不容易鼓起勇氣跟妳提 我們出來談談妳卻拒絕我，還很生氣😡的對我說我自欺欺人，為什麼不放？因為我記得我們曾經說，無論發生什麼都要緊緊抓著對方的手不放開，也許妳忘記了當初愛上我的感覺 也忘記了，當初愛上我的心情Dcard上面的文章我都沒有刪掉。也許，妳重看一次還會記得原來的我們是什麼樣子 我一直都沒有變 一直都是原來很愛妳的。

　　我想我唯一改變的就是變得小心翼翼的 守護著這段感情，守護著妳，我真的好想妳，妳可以回來我身邊嗎？我的寶寶妳……可以回來嗎？也許妳再也不在意我了，也許妳愛上別人了 我也好想就不愛妳了，我也想放

手 可是愛一個人真的好難喊停 兩年的回憶有關於妳的，我一刻都沒有忘記過。

每個人發洩情緒的方式不一樣，我的方式就是寫文章，而妳大概就是冷處理吧。妳會覺得就這樣了，沒什麼好說的，反正以後也見不到也不說話，沒差或是要鬧翻就鬧翻吧。

我喜歡說清楚講明白，但這是我，而妳喜歡什麼都不說。也許這是我們最不適合的地方，也最不能磨合的地方，但如果我也跟妳一樣什麼都不說，我想我每段感情都不會長久吧。我很想知道妳在想什麼，我很想我們可以坐下來好好談談，好好說開。去解決我們之間的問題，也許我們都還年輕，也許我們都打著很愛對方的名義，但實際上我們都太愛自己了。這段感情我學會的地方就是，原來不把話說開也是可以的，矛盾無限放大，不溝通只是抱怨，最後曲終人散。是妳告訴我為什麼人要抱怨，因為不懂得溝通，但是實際上是當有人要跟妳溝通，妳只是一昧的逃避。

所有的事情都不是一個人造成的，而是兩個人，每次吵架我會去檢視我自己做錯了什麼。那妳呢？妳有想過嗎？還是妳只是覺得都是我的錯呢？不管是妳的錯還

是我的錯，總是我在道歉，我道歉不是爲了別的，而是我珍惜這段感情。每當我們和好了，我開始要跟妳談我們之間的問題的時候，妳總是逃跑或是沒在聽。每當我試圖要教妳些什麼的時候，妳總覺得我在教訓妳，妳說兩個人在一起是成長。可是跟我在一起不是留在原地，就是倒退。但妳有想過爲什麼嗎？根本的問題就是我們沒有溝通，妳拒絕處理任何事情。跟妳說重要的事情，妳永遠都是所以呢？然後呢？每對情侶多少都會對對方情緒勒索，只是剛熱戀的我們並不覺是，久了就會覺得麻痺甚至厭倦。

我不求別的，我就想我們把話說開，而不是一直逃避。爲什麼寫卡片，小紙條，那是因爲很多平時沒有說的話，可以這樣委婉的說開。

我們把話說開，面對問題，我們從新開始好嗎？很多時候我們都會以爲愛情可以改變一個人，當然，人會改變，但是，並不是妳「要求」對方去改變。我以爲我不能改的，妳改，妳不能改的，我改。

妳看見我的缺點，也許我爲了妳改的可能只是暫時的配合、遷就，如果我心裡不想改，妳是無法眞正改變我的。更何況，妳當初喜歡我，就是我原本的模樣，爲

何後來又要改變我？可能妳只是自私的想要把我變成妳要的樣子，妳有想過那可能不是我的問題，是妳自己的問題。我不能一直照著妳的期待去過生活，不知道妳有沒有發現，妳慣性說分手，一直用分手試探對方有多愛妳。我真的，不能一直讓妳用分手試探我有多愛妳。我不知道妳到底抱著什麼心情說的分手，但是狼來的遊戲，久了就是真的了。

其實兩個人相愛就跟手機裡的電池一樣

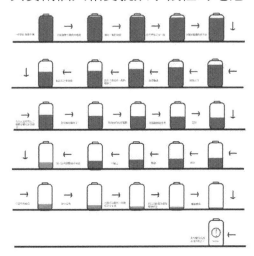

©SHINEE CHUANG

　　還期待對方更好的要求那是愛情，無條件接受對方生命的暗處那是感情。可惜我們看到愛情多，感情少，通常在愛情傳化成愛情的過程中就消失殆盡了。

　　我經常想如果重新來過，我會再一次牽著妳手，再一次與妳相戀嗎？

Chapter

10

C10

如果可以按下 Control Z，怎麼抉擇？

　　我有的不多，目前什麼都沒有。但我能給妳我僅有的時間，不管妳需不需要，我會一直在。在一起的第一年，妳的生日卡片我出了一道數學題。如果有一天妳解開了，在告訴我。

　　我喜歡的「漾」，會想著我，出去玩會想到我喜歡什麼，然後就買給我。我喜歡她，喜歡游泳，喜歡她買各種樂器，她雖然不怎麼用但是在我說我想聽什麼鋼琴曲的時候，她會特別去印譜然後練習，彈奏給我聽。我喜歡她像小孩子一樣鬧脾氣，但是還是會來跟我撒嬌要和好。我喜歡她會花時間陪我，喜歡她會想著我是因為愛我。

　　人生觀：我喜歡平淡平凡的生活，她喜歡刺激跟新鮮感想要創業，我支持她，甚至可以一起做，追求新鮮我覺得沒有錯，但是我希望她知道永遠不要忘記回來屬於我們的家。

　　金錢觀：可以不用很多錢，但是兩個人夠用就好，我是個很捨得為對方花錢的人，她也是，除非她沒有錢。

　　世界觀：我們很願意一起環遊世界，所以除了存錢買房，我們也要一起存錢環遊世界。

我覺得我感情最大的問題是我急著想要答案，有時候越著急，對方就越無所謂。而她我的女朋友，是個很害怕溝通的人，越想談，她越想跑。但是不談永遠沒有結果，所以我希望我們兩個可以學會溝通，可以去找到平衡點。希望我們可以永遠在一起。我喜歡賴床，她不會所以我永遠有她做給我的早餐吃，只要她有起來。

而我睡的在怎麼死，她生病不舒服，我一定淺眠半夜一定會起來，就害怕她怎麼了。我包容他照顧她的情緒，但是我太少想到我自己，我只是一昧的對她好。

我希望她也可以照顧一下我的感受，感情是互相的，我希望她還是可以跟以前一樣愛著我。但是不要雙重標準，她不喜歡我做的我可以不做，但是同理我不喜歡她去做的，她也不能去做，至少要先跟我商量。她很比我細心，可以彌補我的不足她很貼心會在我不舒服到時候照顧我，會在我肚子餓的時候煮飯給我吃。

是個很有規劃的人，出去玩一定會制定行程，做事情重來不馬虎。對感情執著，雖然總說要分手，可是自己也捨不得（這是以前，現在我真的不知道）。她值得託付終身的人。很善良喜歡小動物。口是心非，明明很愛吃醋，每次都說沒有真的有夠可愛。我們最大的問題

現在就是溝通，我相信溝通完我們把事情解決了，就可以好好在一起了。

我不想改變這本書當初的結局所以……我不是個浪漫的人，但是我用我的方式去紀錄我們的生活，包括愛她。但世事難料，書的結局最後還是有點不一樣，本來應該是我們一起規劃的未來，現在獨留我一個人在原地。

不是每一個故事都有所謂的快樂結局，我盡可能的把我們的故事留在最美的地方。我相信有緣份的話，未來的某一天，我們還能相遇。

終於還是來到了這一章，莎士比亞說：

「再好的東西，都有失去的一天。

再深的記憶，也有淡忘的一天。

再愛的人，也有遠走的一天。

再美的夢，也有甦醒的一天。

該放棄的決不挽留，該珍惜的決不放手。

分手後不可以做朋友，因為彼此傷害過；也不可以做敵人，因為彼此深愛過。」

一生中遇到的人就這些，可以遇見相愛都很難得，所以更珍惜遇見的每個時刻。我們的路還很長⋯⋯

也許我們還太年經，都打著很愛對方的名義，實際上最愛的還是自己。但是幸好我們曾經沒有放棄彼此，也許很可笑二十幾歲的人生，我就想安定想要簡單的生活。我經常在想如果，現實生活也可以回到上一步，就像電腦的 Control Z 後悔了，有錯誤了隨時按下 Control Z 是不是我們就不會有遺憾了呢？如果可以按下 Control Z 你們還會做一樣的決定嗎？

國家圖書館出版品預行編目資料

從前・悠漾／Shinee Chuang 著. —初版.—臺中
市：白象文化事業有限公司，2022. 11
　　面；　公分
ISBN 978-626-7189-49-8（平裝）

863. 57　　　　　　　　　111015947

從前・悠漾

作　　者　Shinee Chuang
插　　畫　心心貓
插畫指導　Shinee Chuang
校　　對　Shinee Chuang
發 行 人　張輝潭
出版發行　白象文化事業有限公司
　　　　　412台中市大里區科技路1號8樓之2（台中軟體園區）
　　　　　出版專線：（04）2496-5995　　傳真：（04）2496-9901
　　　　　401台中市東區和平街228巷44號（經銷部）
　　　　　購書專線：（04）2220-8589　　傳真：（04）2220-8505
專案主編　林榮威
出版編印　林榮威、陳逸儒、黃麗穎、水邊、陳婕婷、李婕
設計創意　張禮南、何佳諠
經紀企劃　張輝潭、徐錦淳、廖書湘
經銷推廣　李莉吟、莊博亞、劉育姍、林政泓
行銷宣傳　黃姿虹、沈若瑜
營運管理　林金郎、曾千熏
印　　刷　百通科技股份有限公司
初版一刷　2022 年 11 月
定　　價　300 元

白象文化　印書小舖　出 版・經 銷・宣 傳・設 計
PressStore
www.ElephantWhite.com.tw　自費出版的領導者　購書 白象文化生活館